Tanizaki Junichiro

刈芦

あ　し　か　り

［日］谷崎润一郎　著

竺家荣　译

作家出版社

悔不当初与君别，刈芦度日苦思念，难波之浦居亦难。①

　　记得那还是住在冈本时的事了，那年九月的一天，正值秋晴好天气，傍晚时分——其实不过三点多钟，我突然想去附近转一转。可是去远处的话，时间晚了些，近处又大多去过了，最好是去一处两三个小时便可返回的地方散散心，不知可有那种一般人想不到的、被遗忘

---

① 选自能剧《割芦》的谣曲。此剧描写了以割芦为生的夫妻因贫穷而分别后偶然相遇，此后再不分开的故事。这首诗是夫妻重逢时丈夫对妻子说的话。

了的地方呢？我左思右想，忽然想起自己曾经想到水无濑宫去看一看，却一直没有遇到合适的机缘，所以至今未能去成。那水无濑宫，即是后鸟羽院的离宫旧址。据《增镜》①的《棘下》中记载：

"鸟羽上皇、白河上皇等都曾修缮过此宫，不时驾临游玩，并在名为'水无濑'之地建造难以描述的奢华庭园，常前来小住。每逢春秋赏樱花、红叶的时节，便兴师动众，大驾光临，尽兴游乐。由此处还可远眺水无濑川，景致绝佳。元久②时举行的赛歌中曾有过这样的诗作：

水无濑川绕山流，远望山麓环玉带，日暮景观堪比秋。

_____

① 《增镜》：日本历史物语，记述了1183年至1333年间十五代皇室的事迹，与《大镜》《今镜》《水镜》合称"四镜"。
② 元久：日本年号，1204年至1206年。

"那茅草葺顶的渡廊擦得锃亮，远远望去煞是好看。从对面山上引来的瀑布潺潺流淌着，瀑布坠落处怪石嶙峋，布满青苔的山树与枝丫交错的庭园矮松等等，一起构成了宛如千年仙洞般幽深莫测的美景。在庭院里栽种植物时，上皇设宴招待了众多来宾，当时身份仅仅是下臈①的藤原定家中纳言，献上了下面这首和歌：

主君若松约千年，盛世绵长君之代，引水飞瀑流万载。

"后鸟羽上皇动辄前往水无濑宫，或欣赏琴笛之声，或观赏应季的樱花、红叶，纵情享受各种玩乐意趣。"

---

① 下臈：根据资历排序的下等官位。

可见这里正是此纪事中所记载的水无濑离宫了。从我多年前第一次读《增镜》时起，这水无濑宫便刻印在了脑子里。"水无濑川绕山流，远望山麓环玉带，日暮景观堪比秋。"我很喜欢上皇的和歌。比如明石浦的御歌"渔夫摇橹川上走，鱼船滑入迷雾中"，以及隐岐岛的御歌"我才是那新岛守"，这些上皇吟咏之作无论哪一首都打动人心，印象深刻的为数不少，尤其读到这首和歌时，曾经饱览的水无濑川美景便历历浮现在眼前，哀婉与温馨的怀念之情不禁油然而生。

尽管如此，那时我还不熟悉关西地理，以为水无濑宫位于京都郊外某处，并没打算去搞清楚，直到最近才知道，这离宫靠近山城国和摄津国[①]的交界，坐落在距山

---

① 均为旧国名。山城国即京都，摄津国即大阪、兵库一带。

崎驿站十余丁①的淀川边上，至今其旧址上仍建有祭祀后鸟羽院的神社。看来，现在去造访那水无濑宫正是时候。虽说去山崎，乘火车很快就到，乘坐阪急线换乘新京阪更是便捷。加之那天正是十五月圆夜，归途中在淀川边赏月也是个很不错的余兴。打定主意后，考虑到那地方不宜带着女人孩子前去，遂独自一人不告而往。

山崎位于山城国乙训郡，水无濑宫原址在摄津国三岛郡。因此从大阪去的话，要在新京阪的大山崎下车，然后往回走，在抵达离宫遗址前要穿过国境。对山崎这地方，我只是曾经在省线车站附近转悠过，从西国海道②往西去，这还是头一次。往前走了不远，便出现了岔路，往右去的那条路的转角处立着一块旧石路标——那是由

---

① "丁"为日本度量衡单位，约为 109 米。
② 西国海道：日本江户时代行政区划的五畿七道之一，指九州及其周边岛屿的范围。

芥川经池田去伊丹的路。想来《信长记》^①里有一篇战争纪事，记载了荒木村重或池田胜入斋这些战国武将就曾经活跃在从伊丹连接芥川、山崎一带。古时那一带大概是大路，沿淀川河岸走海路或许方便行船，但穿行于芦荻茂盛的湖汊或沼泽地，不宜陆路旅行。

如此说来，听说来时所乘电车的沿线有江口渡船的遗迹，那个江口现在也划入了大阪市内，而山崎自去年京都扩张版图以来也被编入了大都市的一部分，然而由于京都和大阪之间的气候风土不同，无法想象像阪神之间那样一下子开辟为田园都市或文化住宅区，故而短时期内，杂草丛生的野趣是不会消失的。连《忠臣藏》^②里

---

① 《信长记》：即《信长公记》，织田信长旧将太田牛一（和泉守）所著的半传记式回忆录。
② 《忠臣藏》：日本歌舞伎名剧目，原为净琉璃剧本，取材于赤穗义士事件：当时有个恶人吉良逼死了小诸侯浅野。后来，原浅野手下的浪士在总管大石内藏助的率领下，杀死了吉良，为主人报了仇。

也说这一带海路常有野猪、劫匪出没，古时想必更加荒凉了。时至今日，道路两旁仍可以看到一座座茅草葺顶的住家，在我这看惯了阪急沿线的西式城镇、村落的人眼里，这些农居显得格外古老。

"因遭不实之罪，深感痛苦，不久在山崎出家。"《大镜》中这样记载了北野的天神[①]于流放途中，在此处皈依佛门，并吟咏了那首"离京步步回首望，君之居所渐朦胧，只见高高树梢摇"[②]的和歌。这一带就是历史如此悠久的驿路。或许在平安朝设定都域版图时，就已经开设了这个驿站。我一边想着这些事，一边仔细打量着那一座座古老民居，恍惚觉得旧幕府时代的空气飘荡在那些昏暗

[①] 即菅原道真。菅原道真（845—903）：日本平安时代中期公卿、著名学者，被日本人尊为学问之神。他死后，人们修建了北野天满宫供奉之，故有"北野的天神"之称。
[②] 原文是和歌的上半句，此译诗是将下半句一起翻译的。

的屋檐下。

过了那座桥后——桥下面当是水无濑川，沿着街道再往前走几步，向左一转就到了离宫旧址。现在那里建了一个官币中社①，以因承久之乱②而失势的后鸟羽、土御门、顺德三帝为该神社的祭神。由于此地神社、佛阁众多，该神社的建筑与风貌在这地方算不上特别出色。但如上所述，我的脑子里已先有了《增镜》故事的铺垫，因此一想到这里就是镰仓初期王公贵族们举行四季游宴的遗址，不禁觉得一木一石都脉脉含情了。

我在路旁坐下，抽了一支烟后，在不太宽阔的神社里随意踱起步来。此地距离海道虽咫尺之远，却位于篱

---

① 官币中社：由神祇宫供奉钱帛的神社，明治后改为宫内省供给，此类神社分大、中、小。
② 承久之乱：承久三年（1221），后鸟羽上皇企图讨灭镰仓幕府，事败，导致公家势力衰微，武家势力强盛。

笆上开着种种秋花的几家民居后面，是一处幽静隐蔽、精致紧凑的袋形占地。不过，我猜想后鸟羽院的离宫面积恐怕不会如此狭小，应该一直伸展到刚才来时经过的水无濑川岸边。推想从前，上皇或站在水边的楼上，或于闲庭漫步之时，放眼眺望河面，发出"远望山麓环玉带，日暮景观堪比秋"的感慨吧。

《增镜》里还记载："夏季上皇常行至水无濑宫之钓殿①，饮冰水，请公卿们吃冷水泡饭。上皇曰：'呜呼，昔日紫式部②可谓风雅至极也。《源氏物语》中有西山草民奉献附近西川河鱼，形如鰕虎鱼，且于皇上面前即席烹制，供皇上品尝。实乃可羡可叹之美事，如今已享受不

---

① 钓殿：日本传统庭园建筑，其形式多为一半伸出水面，作为夏季纳凉或钓鱼、赏景的场所。

② 紫式部：日本平安时代著名女作家，著有《源氏物语》。"紫"取自作品中主要人物"紫之上"，"式部"来自其父兄的官职"式部丞"。

到此等鲜美料理，惜哉惜哉！'立于高栏边的侍从秦某闻言，当即从池边割来一片芦苇，用池中水淘洗白米献与上皇，曰：'在下本欲捞鱼，可惜鱼已逃掉。'上皇赞道：'此举颇为有趣。'遂脱衣赐之，开怀畅饮。"

照此看来，那钓殿的水池想必是与河流连通的了。而且，此地的南面，距神社背后仅隔几百米的距离，恐怕便有淀川流经。那条河流虽然在此处看不见，但对岸男山八幡的茂密山峰之间流淌着的一条大河，更像是迫近眼前，直落眉头一般。我举目远眺泉水潺潺的山体背阴一面，抬头仰望男山八幡对面的、耸立在神社北面的天王山峰。走在海道上时没有觉察，来到此处后放眼四望，方知自己站立之处原来是锅底状的峡谷中，被南北两座高山如屏风般遮蔽了天空。见识到了这般险峻的山河，我自然明白了王朝的某个时期为何在山崎设关隘，明白了为何此处乃是防犯西方之敌进攻京城的要塞。以东边的京都为中心的山城平原，和以西面的大阪为中心的摄河泉平原，于此处被挤压成狭长地域，一条大河从当中流过。因此，尽管京都和大阪是由淀川连接起来的，但风土气候以此地为界迥然不同。据大阪人说，即使京都正在下雨，山崎以西却可能是晴天。冬天乘火车一过山崎，就会感觉气温骤降。如此说来，我的确感觉所到之处竹林掩映的村落、农家房屋的样式、树木的风貌、土地的颜色等，与嵯峨一带的郊外相似乃尔，仿佛京都的乡间延伸到了这里似的。

从神社出来，我沿着海道内侧的小路返回水无濑川边，登上了河堤。只见上游方向的湖光山色，在七百年间虽有几分改变，但读到上皇的和歌时，自己内心悄然描绘的景致，与眼前所看到的风光颇有似曾相识之感。

因为一直以来，我心目中的那个地方差不多就是这样的景色吧。那里并没有堪称巍峨峭壁或惊涛拍岸的胜境绝景，而是蜿蜒起伏的山丘、平缓流淌的河水，以及使它们愈加柔和、朦胧的夕霭。换句话说，那里是如同大和绘一般温雅平和的景致。一般说来，对自然风物的感觉是因人而异的，有人会对这种地方不屑一顾吧。然而，我看到这既不壮观也不奇拔的凡山俗水，反倒更想展开想象的翅膀，真想就这样一直站在这里欣赏风景。这风景虽然不会让人感到惊心动魄，却绽开它那热情的微笑迎接旅人。乍看之下并无感觉，若站的时间长了，便会沉醉于这慈母温暖怀抱般的柔情之中。尤其是倍感孤寂的黄昏时分，那河面上的薄云雾霭仿佛在远处招手，令人渴望被它吸入其中，诚如后鸟羽院所吟咏的"日暮景观堪比秋"。此黄昏若是在春日，那郁郁葱葱的山麓会披上红艳艳的晚霞，河流两岸、山峦峡谷，处处樱花如云，又将增添多少温馨啊！由此可知，当时宫中人所眺望的，正是这样美丽的景色。然而，真正的优美，非精于此道的都市人不能理解。同理，于平凡无奇中见情趣的此情此景，若无昔日宫中人的雅怀，观之只觉索然无味也不足为奇。

我伫立在天色渐暗的河堤上，心下思忖着：当年上皇和贵族、公卿们一起吃凉水泡饭的钓殿到底在哪里呢？我将目光移向下游方向，并向右岸一带望去。那边都是葱郁茂盛的树林，一直延伸到神社的后面。可以认定，这一大片树林的所在地显然就是离宫的遗址。不仅如此，从这里还可以望见淀川主流，水无濑川最终汇入了淀川。我顿时领悟到了离宫所处的优越地理位置。上皇的宫殿一定是南靠淀川，东临水无濑川，占据此二河相交之一隅，拥数万坪广袤占地的大庭园。果真如此的话，由伏见乘船而下，便可系舟于钓殿勾栏之下了，往来京都也相当便利，由此可印证《增镜》中的"动辄摆驾水无濑宫"之说。这不禁令我想起自己幼年时代，在隅田川西岸临水修建的桥场、今户、小松岛、言问等风雅别致的富豪别墅。打个冒昧的比喻，在此宫殿内时常举办的风流冶宴上，上皇说着"昔日紫式部可谓风雅至极也。……如今已享受不到此等鲜美料理"，听着身边侍从恭维"在下本欲捞鱼，可惜鱼已逃掉"的样子，颇有些江户玩家的派头吧。而且，这里与缺乏情趣的隅田川不同：清晨傍晚，男山的翠峦投影水中，舟楫在这倒影中往来穿梭，这大河风情不知令上皇多么欣慰畅快，给游宴平添了几多情趣啊。

日后上皇讨伐幕府计划失败，在隐岐岛度过了十九个春秋。面对海岛的狂风惊涛，他回想往日的锦绣荣华，最频繁地浮现在他眼前的当是这一带的山容水色，以及在此宫殿度过的一个个热闹的宴游之日吧。如此这般追怀感慨之余，我竟也浮想联翩起来，想象起了当时的种种景物来，弦音袅袅，水声潺潺，就连月卿云客的欢歌笑语也回响在了耳边。不知不觉中我意识到已近黄昏，取出表一看，已是六时。白天暖和，走几步路便热得出汗，可毕竟是秋日，到了日落时分只觉寒气袭身。我突然感到肚子饿了，觉得有必要趁等待月出之时先找个地方吃晚饭，于是便从堤上走回镇去。

　　我知道这街上不会有像样的饭馆，所以只要吃饱肚子，暖暖身体即可。我进了一家面馆，喝了二合酒，吃下两碗狐面①，出门时带了一瓶烫热的正宗酒②，按店主指

---

① 狐面：加了油炸豆腐和葱花的清汤面。
② 正宗酒：日本老牌清酒菊正宗酒。

的路走下河滩，朝渡口方向走去。店主听我说打算乘船去淀川上赏月，便指点我："先生不必坐船。就在不远的市镇边上有去对岸桥头的渡船。说到这渡船，因淀川河面宽，河中有一处沙洲，渡船先从此岸到达那沙洲上，乘客再从那沙洲转搭其他渡船到对岸去。先生借此机会欣赏河中月色，如何？"店主又补充道："桥头那边有烟花巷，渡船刚好在靠近烟花巷的岸边停靠，故而直到晚上十时、十一时，仍有渡船往返。若有兴致，可往返多次细细赏月。"

店主的热情令我感到愉快，一路走去，让凉飕飕的夜风吹拂着自己微醺的脸颊。到达渡口这段路程感觉比店家说的要远些。到了那儿一看，河中央果然有个沙洲。沙洲的下游那端还能看见，但上游那端则在朦胧之中望不到头。这沙洲说不定并非大江之中的独立岛屿，而是桂川在此汇入淀川主流的先端呢？总之，木津、宇治、加茂、桂诸河在这一带汇合为一处，将山城、近江、河内、伊贺、丹波五国之水汇集于此。从前的画本《淀川两岸一览》的画页上，描绘了从这里稍往上游去一处叫作"狐渡"的渡口，渡口宽百十间[①]，因此，这里应该比那边的江面更宽阔。而现在所说的沙洲，并不是位于河流正中，而是更靠近此岸。我坐在河滩的沙砾上等待渡船时，只见有一条船从遥远彼岸灯火闪烁的桥本町驶向那个沙洲，而后客人下船穿过沙洲，步行到这边泊船的岸边来。说起来，我已很久没有搭乘渡船了。与儿时印象中的山谷、竹屋、二子、矢口等渡口相比，这河中夹着个沙洲，给人以格外悠闲安静的感觉，而且万没想到在京都与大

---

① 间：长度单位，一间为1.818米。

阪之间，现在仍遗留着如此古风的交通工具，简直是意外的收获。

前面所说的画本上出现的桥本町图，描绘着明月高悬在男山后方的天空上，并配有香川景树[①]的和歌"明月高挂男山巅，淀川舟楫月影中"，以及其角[②]的俳谐"新月啊，何时初照古男山"。我搭乘的渡船泊靠沙洲时，男山正如那幅画一般：一轮圆月挂在山后方，郁葱苍翠的树木反射出天鹅绒般的色泽，天空中仍残留着几缕晚霞余晖，四周已被黑沉沉的夜幕笼罩了。

"来吧，来乘我的船吧！"沙洲另一处的船夫向我招呼道。

"不着急，回头肯定会上你的船。我还想在这里吹一

① 香川景树（1768—1843）：江户时代晚期短歌作家、文学家、歌人。
② 宝井其角（1661—1707）：本名竹下侃宪，被认为是蕉门十哲第一。芭蕉死后继承了芭蕉的意志，极大推动俳句发展。

吹江风再走。"

我回了这句后，便踏进露水打湿的杂草丛中，独自朝沙洲尖头那边走去，走到生长着芦苇的水边就蹲了下来。果然在这里犹如泛舟中流，可以饱览月色下的两岸景色。我虽将自己置身于月亮右面，面朝下游，可不知何时起，河流已被润泽的蓝光包裹，比刚才傍晚的光照下所看到的更加宽阔了似的。杜诗里的洞庭湖诗句、《琵琶行》里的诗句、《赤壁赋》中的一节等好久未有机会想起的、十分悦耳的汉诗，此时此刻竟然以朗朗之声脱口而出。

如此说来，正如景树所咏的"淀川舟楫月影中"那样，从前，在这样的晚上，也有三十石船为首的无数船只上下往来于此河流，但现在，除了那只偶尔运送的渡船之外，完全看不到舟船的影子。我将带来的正宗酒瓶对嘴仰头豪饮，一边借着酒兴，高声吟诵："浔阳江头夜送客，枫叶荻花秋瑟瑟。"正吟诵时忽然想到一事：在这片繁茂的芦苇荡，不知曾经有过多少与白乐天《琵琶行》相仿的情景啊！若江口或神崎位于这条河下游附近，想必驾一叶扁舟徘徊于这一带的娼女也不会少吧。想那王朝盛世，大江匡衡[①]曾著有《见游女序》，记述了这条河流的繁华，叹息其淫风之盛。书中写道："河阳介于山、河、摄三州之间，为天下要津，来自东西南北者莫不经由此路往返。其民俗乃向天下炫耀其女色也。老少相携，邑里相望，系舟门前，留客河中。年少者涂脂抹粉，惑人心魄；年老者以撑伞使篙为己任。呜呼，翠帐红闺，虽异于万事礼法，舟中浪上，是同一生欢会。余每经此地见此景，未

---

① 大江匡衡（952—1012）：平安后期的汉学家、和歌作者，著有《江吏部集》。

曾不为之喟然长叹也。"

此外，匡衡的数世孙大江匡房①亦著有《游女记》，描述了此地沿岸一带的冶艳、喧闹的风俗。"江河南北，邑邑处处，沿支流赴河内之国，谓之江口，盖典药寮味原树、扫部寮大庭之农庄。若至摄津国，有神崎、蟹岛等属地，比门连户，人家不绝，娼女成群，驾一扁舟，可荐枕席与舟上，声越溪云，曲飘河风。途经之人莫不忘家，钓翁商客，舳舻相连，几乎不见水面。盖天下第一乐地也。"

此刻，我一边搜寻着模糊的记忆深处，断断续续地回想起这些文章的片断，一边凝视着皎洁的月色下，悄无声息地流逝的寂寞水面。人人皆有怀古之幽情吧。可是，我年近五十，悲秋之情以年轻时难以想象之力迫近，

---

① 大江匡房（1041—1111）:平安后期汉学家、歌人，大江匡衡曾孙，著有《江家次第》等。

连看见葛藤叶随风摇曳亦感同身受，拂之不去，更何况在这样一个夜晚，坐在这样一处地方。我不由得为人们的营生竟然消失得无影无踪，为世事无常而叹息，愈加憧憬那已消逝的繁华之世。

记得《游女记》中记载了"观音""如意""香炉""孔雀"等名气很大的妓女，此外留下了姓名的还有"小观音""药师""熊野""鸣渡"等。这些水上的女子都去了哪里呢？据说这些女子取了这些颇富佛教意趣的艺名，是因为她们相信卖淫是一种菩萨行，将自己看作活普贤，甚至还会受到高僧礼拜。这些女人的身姿，不知会不会如同这河流上稍纵即逝的泡沫般再次出现呢？"江口、桂本等妓女居无定所，以南北岸边之泊船为家，一心讨旅人欢心，以卑贱之身度过此生，实乃可悲可叹，不知来世得何果报？莫非因前世为妓，则必遭报应？纵然欲以朝露之身，苟且度日，亦不该触犯我佛之大戒，其自身之罪已不可恕，诱惑众人之罪更非同小可。然而，彼妓女大多已往生，置身于杀生的渔夫之中，终难以为生。"正如西行 [①] 所说的那样，那些女子现今或许已投生弥陀国，正怜悯地笑看万世不变的可悲人性吧。

独自一人浮想联翩之间，渐渐于心中形成一两首拙诗，须趁着还没忘掉记录下来，我便从怀中掏出本子，借着月光挥笔写起来。酒已所剩不多，我仍恋恋不舍，喝一口酒，写上几句，再喝一口又写上几句，喝干了最后一滴后，我将酒瓶投向了河中。就在此时，附近的苇叶发出唰唰的声响，我朝响声处扭头一看，看见那里——也是在芦苇丛中蹲着一名男子，恰似我的影子一

---

① 西行（1118—1190）：平安末期至镰仓初期的歌人、僧侣，俗名佐藤义清。

般。我受到惊吓，一时间有些不客气地目不转睛地瞪着他看。那个男子并无惧怕之色，反倒爽快地开口问候："今晚的月色真好啊！"然后，他接着说道，"哎呀，您可真有雅兴啊。其实我比您早来了片刻，怕打扰到您的清静，才没有和您打招呼。刚才有幸拜听了您吟诵的《琵琶行》，我也想朗诵一段诗歌了。实在冒昧打搅，能允许我玷污一下您的耳朵吗？"

一个素不相识的人，自来熟似的跟自己搭话，在东京是见不到的。但近来，我不但逐渐习惯了关西人的不见外，不知不觉也入乡随俗了，于是很客气地答道："您可太客气了，请务必让我拜听一下。"

话音刚落，那男子猛地站起来，哗啦哗啦地拨开芦苇叶，来到我身旁，一边坐下一边说："不好意思，您要不要喝一点？"他将系在木头拐杖头上的一个小布袋解开，取出了几样东西。仔细一看，他左手拿着个葫芦，右手端一个小小的漆器酒杯，伸到我眼前。"刚才看您扔掉了酒瓶，我这里还有一些。"他一边说，一边晃了一下葫芦，"请吧，既然让您听我拙劣的吟诵，就请接受吧。倘若酒劲一过，兴致也就没了。这里河风寒冷，即使多喝一些也不必担心喝醉的。"他不由分说地把杯子塞给我，拿着葫芦为我斟了一杯酒，只听那酒葫芦发出"咕嘟、咕嘟咕嘟咕嘟咕嘟"一阵好听的声音。

"这可太谢谢您了，那我就不客气了。"说完，我将杯中酒一饮而尽。虽然不知这是什么酒，但刚喝过瓶装的正宗酒后，这种带有适度木香的醇厚冷酒让我口中顿时清爽了。

"来，再喝一杯。再喝一杯。"他一连气给我斟了三杯。

我喝着第三杯酒时，他才悠悠然地唱起了《小督》。可能是因为有些醉了吧，他的唱腔听起来稍嫌底气不足。

音色不算美，声调也不够高亢，但声音里饱含沧桑感，很是老到。总之，看他有板有眼唱曲的样子，估计是唱过不少年头了。这且不说，在一个素昧平生的人面前竟然这般随便地开口就唱，一唱起来立刻全身心地投入到唱曲的世界中，他这般不为任何杂念干扰的飘逸心境，令听者不由自主地受到其感染。我暗想，即使唱功不那么到家，只要能养成这样的心境，学艺一场也不算枉然。

"啊，您唱得太好了。让我一饱耳福啊。"我这么说时，他呼哧呼哧地喘着气，先喝了点酒润了润干渴的喉咙，然后又递了杯酒给我："请再来一杯！"

由于他把鸭舌帽戴得很深，脸部被帽檐遮出了阴影，在月色下难以看清他的面容，但估计他的年龄和我差不多。看他身材瘦小，穿着和服便装，外套一件出门穿的考究大衣，说话带有京都以西的口音，我问道："恕我冒昧，您是从大阪那边来的吗？"

"是的，我在大阪南边开了家小店，经营古玩。"他回答。

我问他是不是回去时顺便来此散步，他从腰间抽出烟丝筒，一边往烟袋锅里装烟丝一边说："不是的，我是为了看今夜的月色，特地傍晚时从家里出来的。以往我每年乘京阪电车过来，今年绕了个远乘新京阪线，没想到经过这个渡口，真是幸运。"

"这么说，您每年都要去某个地方赏月了？"

"是啊。"他说完，在点烟丝时停了一下，然后接着说，"我每年都去巨椋池赏月，今夜意外经过此地，有幸得以观赏河上月明，实在太好了。要说还是因为看见您在这里赏月，才发觉此处果然是个绝佳的赏月之所。还不都是拜您所赐啊！大淀川之水在两边流淌着，从摇曳芦苇间眺望明月，真是别有一种情趣啊。"他将烟灰弹落到布袋坠子上，一边给新装的烟丝点上火，一边问，"您新作了什么佳句吧，可否让我拜听？"

"不行不行，胡乱写了几句拙诗，实在拿不出手。"我慌忙把小本子塞进怀里，说道。

"这是哪里的话。"他也不再强求，好像已经将这件事忘了似的，以悠长的调子吟咏起来，"江月照，松风吹，永夜清宵何所为。①"

于是，我开口问道："您是大阪人的话，对这一带的地理历史一定很了解。我想问一下，此刻我们赏月的这沙洲一带，从前应该也有像江口君那样的妓女泛舟吧？面对这月色，我眼前浮现出的尽是那些烟花女子的曼妙身姿。刚才我打算把追逐这些幻影的心境写成和歌，却

---

① 此诗是唐代高僧永嘉玄觉所作《永嘉证道歌》的前两句。

总是不得佳句，正冥思苦想呢。"

"如此看来，真是人心相通啊。"那男子不胜感慨地说道，"刚才我思考的事也和你差不多。我看到这轮明月时也仿佛看到了曾经发生过的事情。"他的神情显得很沉重。

"依我看，您的年龄也不小了。"我悄悄打量着那人的脸说道，"恐怕是咱们都到了这个年龄的缘故吧。我觉得，今年比去年，去年比前年，一年比一年，对秋天的寂寞，或者说乏味，总之一句话，不知来自何方的、毫无缘由的悲秋之感，越来越强烈了。真正能够体味'但闻风声秋已近，不觉心下惊①'秋风劲吹门帘动，却不见卿来②'这些

---

① 此处为《古今和歌集》第 169 首 "秋来ぬと目にはさやかに見えねども風の音にぞおどろかれぬる"，藤原敏行所作，表现了 "虽然还看不到秋色（前半句），但从风声已经感知到了秋天即将来临而吃惊（后半句）"的意境。小说里截取的是后半句。
② 此处为《万叶集》卷 4 第 488 首，额田王思念近江天皇所作的和歌 "君待つとわが恋ひをればわが屋戸の簾? 動かし秋の風吹く"，大意是 "看到门帘飘动，以为是你来了，却是风儿吹动的"。

古诗的意境，应该是到了我们这个年龄之后。即便如此，也未必因为伤感而讨厌秋天。年轻时一年之中最爱春天，但现在的我，更期待的是秋天。人随着年岁增长，渐渐产生一种达观，到达了安于遵循自然规律走向死亡的心境。正因为希望过一种安宁而协调的生活，所以，与其欣赏华丽的景色，毋宁面对寂寥的风物更感慰藉；贪恋现实的逸乐，不如埋首于回忆往日欢乐更适合自己吧。也就是说，怀念往昔的心境，对于年轻人而言，不过是与现在没有任何关系的空想，但对老人来说，除此之外便没有其他在现实中生存下去的路了。"

"诚然诚然，正如您所说的那样。"那男子不住地点头，"且不说一般人上了年纪，大抵会这样伤感，更何况是我了。记得我小时候，每逢十五月夜，父亲都会领着我在月下赶两三里①路。所以，现在每到十五月圆之夜，我便回想起当年的事情。说起来，父亲那时也说过您刚才的那些话。他总是说：'你现在可能还不懂这秋夜伤感吧，但终有一天你能够领会的。'"

"这是为什么呢？令尊这样喜爱十五夜的月亮，以至于领着您赶两三里路吗？"

"第一次跟着父亲赶路，是我七八岁的时候，那时我还什么也不懂。我和父亲住在小巷深处的小房子里。母亲两三年前去世了，只有我们父子俩相依为命，所以父亲不能扔下我独自外出。一天，父亲对我说：'儿子，爸爸带你去赏月吧。'我们便在天色还亮时出了家门。那时候还没有电车，记得是从八轩屋搭乘蒸汽船，沿着这条河

---

① 此处为日里，一日里约 4 公里。

逆流而上，最后是在伏见下的船。那时候我并不知道那里就是伏见町。父亲在河堤上走个不停，我默默地跟在他后面，一直走到一处豁然开阔的湖边。现在想来，那时走的河堤就是巨椋堤，那个湖就是巨椋池。因此，那条路单程也得一里半到二里吧。"

"可是，他为什么要去那地方？是为了观赏那湖中映月，漫无目标地闲走吗？"我插嘴问道。

"正是这样。父亲不时驻足堤上，久久凝视着湖面，对我说：'儿子，景色很好看吧？'我虽年幼，也觉得的确很好看。我一边这么想着一边跟着父亲往前走，路过一座大户人家的别墅样的宅邸时，幽深的树林里传来弹奏古筝、三弦、胡琴的声音。父亲在宅邸门外停下脚步，倾听了一会儿，然后好像想起了什么似的绕着那豪宅的围墙转起圈来。我也跟着绕圈。渐渐地，琴声、三弦声越来越清晰，还能隐隐约约听到人说话声，说明已经接近了大宅的后院。这一带，围墙已经变成了篱笆，父亲从篱笆稍疏的空隙处往里面窥探，然后就不知何故，一动不动地待在那里，再也不离开了。我也把脸贴在绿篱笆的叶子间张望，但见有草坪、假山的漂亮庭园里有一池清泉，如同从前的泉殿①似的高台伸向水池。高台上有围栏，里面是榻榻米，有男女五六人正在饮宴。栏杆边上摆放着以各种小巧坠物固定的矮桌。灯火掩映，觥筹交错，加上芒草、胡枝子插花摇曳生姿，看样子像是在行赏月之宴。弹古筝的是位坐在上座的女人，三弦琴则由一位打扮成侍女模样的、盘着岛田发髻的婢女来弹奏。还有一位貌似检校或艺人师傅的男子在拉胡琴。虽说从

---

① 即钓殿。

我们所在的位置看不清楚那些人的动作，但我们正前方恰好立着一个金色屏风，那位梳岛田发髻的年轻女佣站在屏风前面挥动舞扇的翩翩舞姿可以看得清清楚楚——尽管她的鼻子眼睛模模糊糊。不知是因为那时还没有电灯，还是为了增添情调，特意点着油灯，火苗闪烁不停，映在擦得锃亮的柱子、栏杆和金色屏风上，熠熠生辉。水面上倒映着清冽的明月，水边系着一只小舟。那大概是池水引自巨椋池，由这里乘小舟或可直抵巨椋池那边吧。

"不久，舞蹈结束后，侍女们端着酒壶在座席间来回穿梭。依我们看，从那些女佣恭敬的举动判断，那位弹奏古筝的女子可能是主人，其他人是在陪伴她。毕竟已经是四十余年前的事了，那时候，京都或大阪的大户人家里，贴身女佣打扮成宫人模样，礼仪自不必说，有些讲究排场的主人还让女佣们学习技艺。我猜想这个别墅就是那样的有钱人家,那弹古筝的女子多半是这家的太太吧。然而,那女人坐在宴席最里面,她的脸恰好在芒草、胡枝子的阴影里,从我们这里看不见她的相貌。父亲似乎很想再看清楚一点,沿着篱笆绕来绕去,换了好几次位置,但都被插花遮挡了。不过,从头发样式、化妆的浓度、和服的色调来看,不像是上了年纪的人,尤其她的声音给人感觉很年轻。因为隔得比较远,听不见她在说什么,只听见声音格外清亮的'是这样吗?''原来是这样啊'等,庭园里回响着拉长尾音的大阪方言。她的嗓音听起来是那么雍容华贵、余韵悠长又玲珑剔透。而且,她看起来已有几分醉意,时不时呵呵笑起来,笑声虽响亮却不失优雅和天真。我问父亲:'爸爸,那些人是在赏月吧?''嗯,好像是啊。'父亲应道,依然把脸贴在篱笆上看。'可这里是谁的家呢？爸爸知道吗？'我再次发问。这回父亲只嗯了一声，心思全被那女人吸引过去了，全神贯注地窥探着。现在想来，当时的确在那里待了相当长的时间。当我们这样窥看时，女佣起来剪了两三次蜡烛芯，之后又跳了一回舞蹈。那女主人独自一人一边弹琴，一边放开嗓音高声歌唱。不久，宴会结束，我们一直看到那些人离开了座席才回家。

"我们父子俩又慢腾腾地沿着那条河堤往回走。我这么一说，好像对年幼时的事记得很清楚似的。其实，我所说的并不仅仅是那一年去那里，之后一年以及再后一年的十五夜，我都会跟着爸爸走在那条堤上，走到那个池畔的邸宅门前停下来，就会听到琴、三弦的演奏声传来。于是，父亲和我就绕着围墙走到绿篱那边窥视庭园里面。宴席的样子每年都差不多，都是由那位女主人模样的人召集一群艺人和女佣，一边举行赏月晚宴，一边自娱自乐。如果一一介绍最初那年以及后来每一年所看到的情形，就实在太啰唆了，因为无论哪一年几乎都是刚才所说的那样。"

"原来如此。"我不知不觉间已被那男子拽入其讲述的追忆世界里，问道，"那么，那座宅邸到底是怎么回事？令尊每年都到那里去，大概有什么原因吧？"

"说到原因嘛，"那男子略作迟疑，"说说这原因虽是无妨，只是这样长时间把素不相识的您留在这里，不会让您为难吧？"

"可是，说到这里不往下说的话，我觉得不过瘾。您不必有什么顾虑。"

"谢谢您了，那我就恭敬不如从命，请您接着往下听吧。"他边取出刚才那个酒葫芦说，"这里头还剩了点酒，不喝光它总惦记着。讲之前先把它喝完吧。"他将酒杯塞到我手里，只听见那"咕嘟、咕嘟"的倒酒声又响了起来。把葫芦里的酒彻底喝光之后，那男子又接着说下去。

"父亲告诉我的那些故事，都是在每年的十五月夜，一边走在那堤上一边对我说的。'虽说对你这么个小孩子讲这些事，你也听不懂，但是你眼看就长大成人了，好好记住我对你说的这些话。等你长大后，一定要努力回想。我并不是把你当作小孩子，而是当作大人对你说这些的。'父亲说这些话时，表情很严肃，就像对同辈朋友说话似的。那时候，父亲将那所别墅的女主人称作'那位女士'或'游小姐'。父亲声音哽咽地说：'阿游小姐的事你可不要忘记了，我每年带你来看她就是想要你记住那位女士的模样。'我虽然还不能充分领会父亲的话，但出于孩子的好奇心，也被父亲的执着感动，所以听得特别专心，仿佛真的受到了父亲的感染，似懂非懂。

"说到那位阿游小姐，她本是大阪小曾部家的女儿，据说十七岁那年，粥川家因看重其姿色，缔结了姻缘。可是，才过了四五年，丈夫便死了，她年仅二十二三便成了年轻的寡妇。不用说，若是在今日，没有必要年纪轻轻就一直守寡，人们也不会完全漠然置之的。但那时是明治初年，旧幕府时代的因习仍然残存着，无论是娘家方面，还是夫家粥川家都有守旧刻板的老人家主事，再加上她和死去的丈夫之间生有一子，因此是不容许再婚的。而且，阿游是被当作宝贝一样娶过门的，受到婆家和丈夫的百般宠爱，比在娘家生活得更随心所欲，悠游自在。据说阿游成了寡妇之后仍然享受着奢侈的生活，常带着众多女佣外出游山玩水。因此在旁人看来，她实在是不愁吃喝，幸福快活。她本人恐怕也很乐意每天这样纵情玩乐打发日子而不会觉得有什么不满吧。

"我父亲初次见到阿游时，她就是这样的一位寡妇。那时父亲二十八岁，还是独身，我还没有出生，而阿游是二十三岁。时值初夏，父亲和妹妹夫妇，即我的姑姑、姑父一起去道顿堀看戏。恰逢阿游坐在父亲正后面的包厢里。阿游和一个年约十六七的姑娘一起，另外还有一个乳母或管家模样的老女人和两个年轻的女佣陪在左右。这三个女人轮流在阿游身后给她摇扇子。父亲见姑姑跟阿游点头打招呼，便问那人是谁，一问方知她是粥川家的寡妇，同来的女子是她的亲妹妹，小曾部的女儿。'我那天第一次见到她，就认为那是我最理想的女人。'父亲常常这样说。那时候男女都时兴早婚，可父亲虽是老大却直到二十八岁仍然独身，因为他太挑剔了，所以对那些踏破门槛的媒人是一概回绝。据说父亲当年也喜欢冶游，并非没有相好的女子，但他不喜欢那样的烟花女子做妻子。这是因为父亲钟情的是大家闺秀型的女子。比起风流女性来，父亲更喜欢大家闺秀，就是那种在家里穿戴齐整，坐在桌旁安静地阅读《源氏物语》的女人，所以艺妓自然不适合。父亲究竟是怎样形成这种嗜好的，我说不好，总觉得与他的商人身份并不相称。在大阪船场一带的大户人家里，佣人们的礼仪很烦琐，讲究各种排场，比那些势力小的大名更炫耀贵族派头。大概是由于父亲成长于这样的家庭里吧。

"总之，看见阿游时，父亲就觉得她正是自己平日向往的那种情调的女人。父亲不知道为什么会有那样的感觉，可能是因为当时阿游就坐在他后面，她对女佣说话的口吻以及其他言行举止具有大户人家夫人的风度吧。

我看过阿游的照片，脸颊如银盘般丰满，脸圆乎乎的，有点儿娃娃脸。父亲说，只看五官，像阿游那样漂亮的人并不少，但阿游脸上仿佛有一层迷雾般的东西，整个面孔——眼睛、鼻子、嘴巴，都像是罩了一层薄膜似的朦朦胧胧的，没有任何清晰的线条。若仔细端详，就连自己的眼前也变得模糊了，令人感觉她的周身总是云霞缭绕。从前书上所谓的'高雅'，恐怕就是指这样的容貌了。父亲说：'阿游的价值就在于此。'这么一想，看上去也确实是这么回事。一般来说娃娃脸的人，若不操劳家务是不容易显老的。姑姑常说，阿游的面容从十六七岁到四十六七岁没有什么变化，不论什么时候见到都是一副天真烂漫的稚气面孔。所以，父亲对阿游的朦胧美，即他所说的'优雅脱俗'，一见钟情了。联想父亲的嗜好，再看阿游的照片，便明白难怪父亲那么喜欢她了。总之一句话，就像欣赏泉藏偶人[①]的脸时感受到的那种既开朗又古典的感觉，就是那种让人联想到深宫皇室嫔妃那样的美女。阿游脸上就似有似无地弥漫着这样的氛围。

"我的姑姑——刚才提及的父亲的妹妹，是这位阿游儿时的玩伴，未出阁时又去同一位琴师那里学艺，所以对于她的成长经历、家庭、出嫁时的情形等知道得一清二楚，当时都告诉父亲了。阿游有兄弟姐妹多人，除了带来看戏的这个妹妹外还有姐姐和妹妹，但其中阿游最得父母的宠爱，受到特殊对待，无论她怎样任性都没有关系。这可能是因为阿游是兄弟姐妹中长得最好看的，所以会受到宠爱，而其他兄弟也认为阿游与他们不同，受宠是理所当然的。用姑姑的话来说，就是'阿游这

[①] 泉藏偶人：江户中期，京都公卿间流行的偶人，亦称御所偶人。

个女人是得天独厚的'。尽管她自己并没有要求别人那么做，也不是骄横霸道盛气凌人，但周围的人反而很爱护她，不让她受到一点儿苦，像侍奉公主一般小心地呵护她。人们宁愿自己去替她承担，也不让她承受浮世的风浪。阿游就是这样天生具有让父母、兄弟姐妹、朋友等所有接近她的人都那么对待她的气质。姑姑做姑娘到阿游家去玩时，阿游简直就是小曾部家的掌上明珠，身边的一切琐事都从不让她做，其他姐妹像女佣般照顾着她，却没有丝毫不自然之感，阿游非常天真烂漫地享受着大家的关爱。父亲听了姑姑这番话，更加爱上了阿游，可是一直苦于没有好机会见面。

"终于有一天，姑姑告诉父亲阿游要去某处表演琴艺的消息，对父亲说：'要是想见阿游便和我一起去。'表演那天，阿游梳了个长长的垂发，身着舞乐礼服，焚香弹奏了一曲《熊野》。即便放在今日也有此惯例：当弟子出师时，师傅要专门办个出师仪式，由于弟子要为此花一大笔钱，所以师傅一般愿意让那些家里有钱的徒弟行此仪式。想必阿游是为了消磨时间而习琴，她的师傅这样提议的吧。不过前面也说了，我也听过阿游唱曲，知道她的声音好听。知其人品后，回忆其声音，更加感觉到她的优雅魅力了。父亲那时头一次听阿游的弹琴唱曲，格外感动。加上出乎意料地见到穿着舞乐盛装的阿游，只觉得梦寐以求的幻想竟然成为现实，可想而知父亲定是惊喜交加，不敢相信自己的眼睛吧。据说姑姑在琴曲表演结束后去乐室看阿游时，她还没有脱下那身礼服。她说'琴弹得怎样我不在意，我就是需要这么打扮一回'，就是不愿意脱下那套礼服，还说'应该现在去照张相'。父亲听了姑姑这么一说，便知道了阿游的情趣刚好和自己一致。因此，父亲认定适合做自己妻子的女人非阿游莫属了。他感到多年来自己一直在内心里幻想等待着的人就是阿游，于是便悄悄将自己的心思告诉了姑姑。姑姑很了解阿游的情况，所以虽然很同情父亲，但她认为那绝对是不可能的事。用姑姑的话说，若阿游无子还有可能提亲，可是阿游有个要养育的小孩子。这孩子还是个男孩，阿游更是不可能留下孩子离开粥川家的。不仅如此，她还有公婆在上，娘家这边母亲虽已亡故，父亲仍健在。这些老人之所以任凭阿游任性而为，完全是出于慈悲之心，可怜她年轻守寡，让她能够以此排遣孤寂——当然，其中也含有阿游必须一辈子守寡的意思。阿游也很清楚这一点，所以即使纵情享受却从未有过品行不端的传言，她本人肯定也没有再婚的念头。但父亲仍不死心，说，那就不奢望娶她，只是由姑姑居中介绍，时常让他见上阿游一面，哪怕只是看到她也就满足了。

"姑姑见我父亲说到这个程度，再不答应也说不过去，可是和阿游只是做姑娘时比较熟悉，此时已经比较疏远了，因此满足父亲这个要求还真有些难度。姑姑左思右想，终于想出了一个主意：'依我看，干脆娶了阿游的妹妹如何？反正你也不会娶其他人了，就将就娶了她妹妹吧。阿游虽然没有指望，要是你愿意娶她妹妹的话，我倒是可以去说说。'姑姑说的那个妹妹，就是阿游带去看戏的那个叫'阿静'的姑娘。阿静上面的姐姐已出嫁，阿静刚好到了待嫁的年龄。父亲在看戏时见过阿静，记得她的样子，所以当姑姑提出这个建议时，父亲思考了很久。要说那阿静并非长得不好看，虽然和阿游长得不完全相同，但毕竟是姐妹，看她的脸总是会让人联想到阿游。不过，最不能让父亲满意的是，阿静脸上没有阿游那种

'高雅'感，与阿游比显然俗气多了。如果只看阿静，并没有这种感觉，但要是和阿游在一起，简直就是公主与侍女之别了。如果阿静不是阿游的妹妹，或许还不成问题，可既然是阿游之妹，体内流着和阿游一样的血，父亲便连阿静也爱上了。话虽如此，要让父亲娶阿静为妻，他很难下决心。因为父亲觉得出于这种打算娶阿静，一方面对不起阿静，另一方面父亲想要永远保持对阿游的那份纯情憧憬，一辈子都要将阿游当作心中的妻子，绝不变心。如果娶了别人，即便是她的妹妹，自己情何以堪。但转念一想，若娶了她妹子，今后可以常常和阿游见面，还可以和她交谈，否则今后除了偶然的邂逅，这一辈子很少有机会能见到她。一想及此，父亲忽觉寂寞难耐。

"父亲踌躇很久，最终决定和阿静相亲了。可是说心里话，直至此时，父亲还没有真正下决心娶阿静，只不过是希望借相亲之机能够多见阿游一次。父亲这一伎俩居然奏效了，只要是相亲、谈婚论嫁，阿游每回都来。小曾部家主母已去世，阿游又是个闲人，阿静一个月中有一半时间住在粥川姐姐的婆家那边，到底她是谁家女儿都搞不清了，因此，阿游出场的时候自然就多了。对父亲而言，这是求之不得的幸运。因为父亲的目的原本在于此，所以他总是尽量拉长话题，三番两次相亲，磨蹭了半年之久。阿游这边也为了此事，频繁地去姑姑家。在这期间，她也和父亲交谈过，渐渐熟悉了父亲这个人。于是，有一天，阿游问父亲：'你不喜欢阿静吗？'见父亲说没有不喜欢阿静，阿游就说：'那就请你娶了她吧。'阿游极力促成妹妹的这桩婚事。她对姑姑更清楚地说，在姐妹之中，自己和这个妹妹最要好，很希望妹妹能嫁给芹桥先生那样的人，有这样的人做妹夫，自己也很高兴。父亲之所以下了决心，全是因为阿游的这番话。过了不久，阿静便出嫁了。就这样，阿静成了我的母亲，阿游成了我的姨妈。可是，事情并不是这么简单。父亲是从什么意义上听了阿游的话不得而知，但阿静在洞房夜却哭着说：'我是察觉到姐姐的心思才嫁给你的，所以委身于你就对不起姐姐了。我一辈子只做个名义上的妻子即可，请你让姐姐得到幸福吧。'

"父亲听了阿静这番意想不到的话，恍如做梦一般。因为父亲以为只是自己在暗恋阿游，完全没想到自己的心思会让她知道，更没想过自己会被阿游恋慕。可是，阿静是如何知道姐姐心思的呢？'你不会无根无据地这么说，难道是姐姐对你说过？'父亲追问哭泣着的阿静。阿静回答：'这种事姐姐当然不会告诉我，我也不会问她，但是我心里很清楚。'阿静——我的母亲还是个涉世不深的姑娘，却察觉到了这一层令人不可思议。后来才了解到，起初小曾部家的人认为两人年龄差距太大，打算回绝掉这门亲事。阿游也说：'既然大家都是这个意见，那就这样吧。'可是，有一天，阿静去阿游家玩，姐姐对她说：'我觉得这是一门难得的好姻缘，但这不是我自己婚嫁之事。既然大家那么说，我也不便坚持。你要是并非不愿意，就主动表示愿意嫁给他如何？这样我就可以居中说合，缔结良缘了。'由于阿静一向没有主见，既然姐姐这么看中那个人，应该是不会错。阿静就说：'我听姐姐的，姐姐觉得好，我就这么做吧。'姐姐说：'很高兴你这么说，差个十一二岁的夫妻也不是没有过。最重要的是，我觉得那个人和我很说得来。姐妹一旦出嫁便渐渐疏远，成了外人，所以只有你阿静，我不想让任何男人夺走。

可要是他的话，我不但不觉得你被人夺去，甚至觉得多了个兄弟。这么一说，就像是为了我自己把那个人硬塞给你似的，不过对我好的人也肯定会对阿静好。你就当是为了姐姐，听了姐姐这一回吧。要是你嫁到我讨厌的人家里，我连个玩耍的人都没有了，以后的日子可怎么熬啊？'

"前面也说过，阿游由于是在大家的宠爱中长大，意识不到自己的任性，只不过觉得是对一个要好的妹妹撒娇吧。但是当时，阿静从阿游的表情里看出了某种与其平时的撒娇不同的东西。阿游越是刁蛮任性，就越显其可爱之极，但天真烂漫中包含着某种炽热之情吧。即使阿游自己没有那么想，阿静却看得出来。一般来说，内向的女子虽然不多言多语，心里头却是有数的，阿静就是那样的人。除此之外，她肯定还联想到了许多方面。

她对父亲说:'怪不得自从阿游跟先生熟悉之后,脸色突然变得生动艳丽起来,把和我谈论先生当作极大的乐趣呢。''那是你想得太多了。'父亲按捺住激动的心情,故作平静地、淡淡地对阿静说,'既然咱们今生有缘做夫妻,或有所不足,但毕竟是命中注定之事。你想为姐姐牺牲虽难能可贵,但独自承担这等没有道理的情义,待我冷淡的话也就违背了你姐姐的本意吧。何况你姐姐也不可能希望你这么做。她如果知道了这件事,一定会烦心的。''但是,你之所以娶我,就是为了和我的姐姐成为亲戚吧。因为姐姐从你妹妹那里听说了你那番话,所以我也知道一些。她说你迄今为止也有过不少好人家来提亲,你一概没有看中。如此难觅对象之人,如今居然要娶我这样愚笨之人,大概是因为我姐姐的缘故吧。'父亲无言以对,低下了头。'如果将你的真心向姐姐稍微透露一点,不知她会多高兴呢。可要是那么做，反而彼此间有所顾忌了，所以现在什么都不要说，只是请你不要对我隐瞒心事。这是最让我难过的。'原来是这样，我不知道你是为了姐姐而出嫁的。你的这份心意我一辈子也不会忘记。'父亲流着泪说，'虽说如此，我只是把她看作姐妹。无论你怎么撮合，我也只能这样，没有别的可能。如果你一定要为我们牺牲，她和我都会因此而苦恼万分，你也不会愉快的。如果你不讨厌我这人，就当是为了你姐姐，不要说这些见外的话。跟我好好过日子好吗？就把她当作我们二人的姐姐来尊敬，好吗？''什么讨厌你啦不愉快啦，我可承受不起。我从小到大什么事都依着姐姐。你既是姐姐喜欢的人，那我也喜欢。只是，将姐姐爱慕的人据为自己丈夫，实在是不敢当。按说，我本不该嫁来这里的，但一想到我若不出嫁，这姻缘就被断送了，所以我才怀着做你妹子的心思嫁进来了。'那么，你打算为了姐姐而埋没自己的一生吗？没有一个姐姐会让妹妹落得这个地步还感到高兴吧？这不等于把一个原本心地纯洁的人给玷污了吗？'你要是这样想就不对了。我也希望有一颗像姐姐那样纯洁的心灵，如果姐姐为了亡故的姐夫而守寡，我也要为姐姐守贞操啊。不只是我一个人埋没一生，姐姐不也是一样吗？你可能不知道，我这位姐姐生来才貌双全，全家人都像众星捧月一般宠爱她，简直跟诸侯寄养的孩子似的。当我知道姐姐喜欢你却因为规矩的束缚不能如意后，我还横刀夺爱，会受到天谴的。这话要是让姐姐听到，必定会说我胡说八道，所以请你务必心中有数。无论别人理解我与否，我都要这么做，好让自己心安。既然是这么个连姐姐那样有福气的人也无可奈何的世道，更何况我等卑下之人了。所以，我打定主意至少要让姐姐得到一些幸福，就抱着这个念头嫁给你了。为此，请你在人前要表现得像夫妻一般亲热，但实际上让我保守贞操。如果连这一点都做不到，只能说明你对姐姐的爱还不及我的一半。'这女子能为姐姐如此舍身，我身为男子汉岂能不如她？父亲越想越激动，对阿静说：'谢谢你。你说得太好了。如果姐姐一直守寡，我也终身不娶，这是我的真实愿望。可是，要连累你也得像尼姑那样活着，我实在不忍心，才说了刚才那些话。听了你那番高尚的表白，我真不知该怎样表达我的感谢。既然你有此决心，我当然无话可说！虽然觉得有些残忍，但说心里话，我也很愿意这样做。按理说我没有资格这样要求你，可难得你有这份情义，我也不再说什么，就依了你吧。'说着，父亲捧起阿静的手，相互倾诉衷肠，通宵未曾合眼。

"就这样，父亲和阿静在他人眼里俨然一对从不红脸的恩爱夫妻，实际上并未行夫妻之实。但阿游并不知道二人相互约定这样来为她守节。阿游见二人琴瑟和谐的样子，常常向父母姐妹们夸耀：'怎么样，幸亏听我的主张吧。'而后，差不多每天姐妹俩都你来我往，阿游去看戏或去游山，芹桥夫妇必定陪同左右。据说三人经常一起出游，在外面住上一两晚。每次外宿，阿游都和妹妹夫妇并排睡在一个房间里。渐渐成了习惯，即使不出游，阿游也会时常留夫妇俩住下，或被夫妇俩留下过夜。很久以后，父亲还很怀念地说起，阿游临睡前总是说着'阿静，帮我暖暖脚'，把阿静拉进自己的被窝里。因为阿游的脚总是凉得睡不着，而阿静身子特别热乎，于是给阿游暖脚就成了阿静的活儿。阿静出嫁后，她让女佣代替阿静暖脚，却达不到阿静的效果。阿游说：'也许是从小养成的毛病吧，光靠被炉、汤婆子不管用。'阿静就说：'别跟我客气啦，我就是为了像以前那样给你焐脚才留下过夜的。'她一边说，一边高兴地钻进阿游的被窝里，一直躺到阿游睡着或是说'好啦'为止。

"除此之外，我还听父亲告诉过我许多关于阿游公主般生活的故事。每天有三四名女佣照顾她的起居，即便是洗手也是一个人用木勺浇水，一个人拿着手巾等着。阿游只需伸着两只湿手，拿着手巾的女佣便给她擦得干干净净。就连穿袜子或在浴室洗澡，她都不用自己动手。即使是在那个时代，一个商家小姐如此也未免太奢侈了。据说即将嫁入粥川家时，阿游的父亲曾对婆家人嘱咐过：'我这个女儿就是这样娇惯大的，事至如今要改变这个习惯是不可能的了。既然你们这么想要娶她过门，就让她继续以前过惯的生活吧。'即使有了丈夫、儿子后，阿游出阁前的小姐做派一点也没有变。所以父亲常说，到阿游住处去就像进了后宫皇妃的房间。父亲也有此同好，所以感触尤深。阿游房间里的摆设用品，无一不是皇室风格或官宦家纹的东西，从手巾架到便器全都是涂蜡、描金的。在与隔壁房间的隔扇处，放置了一个代替屏风的衣架，上面挂有小袖①，按照不同节令随时更换。虽没有上段之间②，但阿游在衣架后面凭几而坐。空闲时在房间里摆放一个伏笼③，或焚香熏衣，或与女佣们闻香，或玩投扇游戏，或下围棋。阿游在玩耍中亦追求风雅情趣，棋艺虽不甚好，却格外喜欢秋草描金的古典式棋盘。为了让它派上用场，她就常常下五子棋玩。一日三餐用的是如同玩具般精致玲珑的餐盘，用漆碗吃饭。渴了的话，

① 小袖：一种和服样式，比一般和服袖子窄半幅。
② 上段之间：日本传统房间结构，比其他部分高出一些，作为贵宾座席。
③ 伏笼：用于烘烤衣物、熏香等的外罩烤笼的炉子。

身边女佣会捧着天目①托盘，迈着小碎步送上来。想吸烟的话，立刻有用人给长烟袋锅填好烟丝，点上火后递给她。晚上睡在光琳式样的枕屏风后面。天冷时，早上一醒来，就让人在房间里铺上厚纸垫，用人三番五次送来热水，让她用半插②或洗脸盆洗脸。由于凡事都如此烦琐，所以无论去哪里，只要是出门便不得了了。每次去旅行时，必有一名女佣跟随，其余的事由阿静打理，连父亲也得搭把手，搬行李、穿和服、按摩等三人各司一职，务求让她一切满意。

"对了，当时孩子正处于断奶期，有奶妈带着，所以很少带着孩子出行。有一次到吉野去赏花，晚上抵达旅馆后，阿游说奶发涨，让阿静吸过一次奶。当时父亲在

---

① 天目：又称作曜变天目陶瓷，多为黑色，器表薄膜上焕发出黄、蓝、绿、紫等色彩融糅起的彩光。
② 半插：耳盏类洗漱用具。

一旁看到，笑着说她'很熟练嘛'，阿静说：'我已经习惯吸姐姐的奶水了。姐姐生头一个孩子时，由于有奶妈，姐姐就说阿静给吸了吧，经常让我吃奶。'父亲问她是什么滋味，她回答：'那时还小，不记得了。现在吃起来觉得可甜了，要不你也尝尝看。'阿静用碗接了些从奶头滴下来的乳汁给父亲。父亲尝了尝，说：'的确很甜啊。'虽然装作若无其事，但他心里明白阿静不是平白无故让他喝奶的，不觉脸红了，感觉不自在，赶紧走出房间去了走廊，嘴里还一边嘟哝着'莫名其妙'。阿游觉得特别有趣，呵呵笑起来。

"自此事后，阿静似乎觉得父亲那尴尬、惊慌的样子颇为可乐，便常常制造起种种恶作剧来。白天人多眼杂，没有三人独处的机会。一旦有这种情况，阿静便离席而去，扔下二人长时间相对而坐，直到父亲开始窘迫不已时才悄然回来。平时和阿游一起时，阿静总是让父亲坐在自己旁边。可是到了玩扑克牌或游戏时，她又尽可能让父亲当阿游的正面敌手。如果阿游让阿静给她系腰带，阿静就说这个费劲，得男人帮忙才行，让父亲去做；给阿游穿新布袜时，阿静又说难穿，非要父亲来穿。每当这种时候，阿静便在一旁瞧着父亲困窘万分。虽说一看就知道是阿静纯真的耍赖，并非有意捉弄或恶作剧，但很可能阿静是出于这样考虑：搞这些小动作可以渐渐打消二人的顾忌，这么一来二去，难免因某个契机而触动心弦，使彼此心意相通也未可知。可见阿静是在期待二人之间发生那样的碰撞，弄出点什么事来。

"可是，二人之间一直平平静静的，相安无事。有一天，阿静和阿游间倒发生了问题。父亲毫不知情，去看阿游时，她一见到父亲马上扭过脸去，流起泪来。因为很少见到这种情况，父亲便问阿静出了什么事。阿静说：'姐姐已经什么都知道了。'她还说：'因为已经到了非说不可的地步了，我只好说了。'阿静只说了这些，至于起因到底是什么，没有详说，所以父亲也不能理解阿静所为。大概是阿静认为挑明的时机已到，即便姐姐知道了他们并非真实夫妻后训斥她年轻鲁莽，可事已至此，虽觉为难也会为妹妹妹夫的情义感动，便找个机会，一边察言观色一边说了此事。阿静就是这样的急性子，喜欢急于求成。也许她是天生操心的命吧，从年轻时起就是善于周旋的老妓般的性格。想来她就像是为阿游奉献一切而降生于世的女人。她说：'照顾姐姐是我此世最大的乐趣。要说为什么会这样想，因为我一看到姐姐就把自己忘在脑后了。'总之，阿静虽有多管闲事之嫌，可如果明白她所做的一切都是抛弃私欲，为姐姐着想，无论阿游还是父亲都只能流下感激之泪。阿游听阿静这么一说，非常震惊，痛苦地说：'我不知道自己作了这样的孽，让阿静夫妻为我这样受苦，将来要遭报应的呀。不过，这件事还来得及补救。请你们今后做真正的夫妻吧。'这件事并非姐姐管得了的。因为慎之助也好，我也好，都是我们自己情愿这么做的。所以今后怎么做，姐姐也不必介意。我到底憋不住，告诉了你，是我不好，姐姐就当作什么也没有听说过吧。'阿静这么答道，没有答应姐姐的要求。

"自此之后一段时间，阿游与夫妇俩的来往显然减少了。但三人的亲密关系是亲友们无不知晓的，考虑到要不被他人猜疑，不久后双方又开始走动了，最终还是按照阿静的预想发展。的确，若从阿游的内心深处而言，由于违背了为自己所设置的界限，心情得以放松，即使想憎恨妹妹仗义，也憎恨不起来。此后，阿游仍表现出天生的大家风范，什么事情都让妹妹夫妇帮忙。她屈服于夫妇二人的主张，接受了他们的好意。父亲称阿游为'游小姐'就是自那时开始的。起初是父亲与阿静谈论阿游时，阿静说父亲不应该再称阿游为'姐姐'，还是觉得加'小姐'来称呼最适合其为人，于是就那么叫起来了。不知不觉这成了习惯，在阿游跟前也这么叫了。阿游很喜欢，说：'我们三人之间就这么称呼吧。'她又说：'很感谢大家爱护我，希望你们明白，我就是这样长大的，把这些都当作理所当然的事。我很开心人家总是很当回事地待我。'

"阿游孩子气的任性例子可举出好些。有时对父亲说：'你得憋住气，直到我说"好"才能呼吸。'说罢将手捂住父亲的鼻孔。父亲拼命屏住呼吸，实在憋不住时呼出一点气息的话，阿游便一脸不高兴，责怪道：'我还没有说

"好"呢，你要是这样耍赖——'于是用手指捏紧父亲嘴唇，或是将红色小方巾对折后，手持两端封住父亲的嘴。每当这时，她那张娃娃脸就像幼儿园的小孩儿，根本看不出已二十多岁了。她有时会说:'不许你看我的脸，匍匐在地上，恭恭敬敬地不许抬头'，或者抓挠父亲的脖子和腋下，一边说'不许笑'，或者在父亲身上多处掐，还说'不许喊疼'。她很喜欢这样折腾别人。刚刚还说'我睡了，你也不能睡，要是困了就看着我的睡脸忍着'，可是这么说着自己就睡着了。父亲也迷迷糊糊进入了梦乡，半梦半醒间被阿游拽进了被子里。她不知何时醒了，或是往父亲耳朵里吹气，或是搓根细纸绳在父亲脸上挠痒痒，把他弄醒。父亲说，阿游这人天生爱表演，她自己并无意识，但所思所为自然而然地富有戏剧性，丝毫不会给人做作的感觉。她的个性中就带有这些色彩与韵味。阿静和阿游的不同之处，可以说主要就在于阿静不具有这种表演才能。穿着礼服弹琴，或坐在衣架幕布里一边让女佣斟酒，一边用涂漆酒杯喝酒的做派，除了阿游，谁也不可能做得如此有模有样。

"总之，二人的关系进展到了这个地步，自然与阿静从中撮合分不开。加上比起粥川家来，芹桥家没有那么引人注目，所以阿游来妹妹夫妇家的时候更多些。阿静为此动了不少脑筋，常常以'带女佣出去旅行不是很浪费吗？只要有我在，决不会让姐姐感到不方便的'为借口不带用人，三个人出门去伊势、琴平游玩。阿静故意穿着素朴，打扮得像个女佣似的，自己在隔壁房间里铺床睡觉。只是，此时，三个人的关系有所变化，说话也得改变。住旅馆的时候，当然是阿游和父亲扮作夫妻为好，但是，阿游动不动就喜欢摆起女主人的架势，于是父亲就装成管家、执事或受宠的艺人。每当出门在外，二人就称阿游为'少奶奶'。这些也成了令阿游快乐的戏耍之一。虽说大多数时候她都很稳重，只是吃晚饭时喝一点酒，胆子便大起来，尽管仍不失优雅的风度却不时咯咯咯地发出响亮的笑声。

"不过，为了阿游，也为了父亲，我在此必须说明一下：直到那时为止，虽然关系发展到这个程度，但双方并没有突破最后的防线。虽说已经到了这个程度，有没有那回事还不是都一样，即便没有那回事也不构成辩解的理由啊，但我还是希望你相信我父亲说的话。父亲对阿静说：'事到如今，也没有对得住对不住你什么的了，即使同床共枕，该守住的也会守住的，我向神佛发誓！或许这并非你所希望的，但游小姐也好，我也好，倘若那样践踏你的话会受到报应的。因此，这也是为了让自己能够心安。'说的应该是实话，但也不排除担心万一怀上孩子的因素。不过，对贞操的标准因人而异，所以尽管父亲这么说，也不好说阿游是完璧无瑕的。

　　"关于这一点，我回想起，父亲在一个箱盖上有阿游亲笔写的'伽罗香'①几个字的桐木箱子里，很珍重地摆放着一套阿游的冬天小袖衣。父亲有一次曾经让我看过那个箱子里的东西。当时，他取出小袖衣下面叠放的友禅长内衣，摆到我面前，说：'这是游小姐贴身穿的，你看看这绉绸多有分量！'我拿了一下，的确与现在的绸子不一样。'那时的绉绸褶深、线粗，就像铁链子般沉甸甸的。怎么样，重得很吧？'我说：'真的是很沉的绸子啊。'父亲听了很满意地点点头说：'丝绸这东西，不单要柔滑，像

_____

① 伽罗香：一种香料，指南洋鹰木香中的红奇楠。

这样褶皱深、凹凸有致的才值钱呢。从这些凹凸不平的褶子上面触摸女人的身体，更能感觉到肌肤的柔软。对绸子来说，越是肌肤柔软的人穿它，绉褶的凹凸颗粒看上去更美，手感也更好。阿游天生手脚纤细，穿上这沉坠坠的绸子，更衬托出她的窈窕身材了。'父亲说着，两手将那友禅内衣掂一掂。'啊啊，她那瘦瘦的身子竟然承受着这么重的分量。'他说着，仿佛拥抱着她似的将那绸衣贴在脸颊上。"

"令尊给您看那件衣裳时，您已经不小了吧？"一直默默地听着那男子讲故事的我问道，"不然的话，小孩子的头脑恐怕很难理解这种事吧。"

"不，那时我才十岁左右。父亲给我讲这些，没有把我当小孩。虽然当时还理解不了，但父亲所说的话我都记得。随着我渐渐懂事，也就明白了父亲的意思。"

"是这样啊。我想问一件事：如果阿游和令尊是如您所说的关系，那么您的母亲是谁呢？"

"这个问题问得好。不说清楚这一点，这个故事就没法收尾了。所以还得劳烦您继续听一会儿。父亲和阿游的那段畸恋，持续的时间比较短，只是从阿游二十四五岁开始的三四年左右。后来，大约在阿游二十七岁那年，亡夫遗留的儿子阿一得了麻疹，转为肺炎病死了。这个孩子的死不但改变了阿游的命运，也影响了父亲的一生。说起来，以前阿游和妹妹、妹夫的往来过密，小曾部家虽不以为然，但粥川家那边，这就成了婆婆和家人议论的一个话题，甚至有人说'阿静的心理实在令人费解'。的确，无论阿静如何费尽心机安排周全，可日久天长，人们怀疑的目光自然就会集中到这方面来，背地里说什么的都有，诸如'芹桥的媳妇真是个贞女，即便是姐妹情分也该有个度啊'等等。只有猜测到三人心思的姑姑暗自为他们揪心。但是，粥川家最初并不理睬这些传言，阿一一死便有人开始责备做母亲的对孩子关心不够。也难怪别人说，不管怎么说也是阿游的过失，虽说不是她不够疼爱孩子，只因平日一向由奶妈带孩子，她已习以为常。据说在孩子得病需要人看护期间，阿游还抽空外出半天。谁料就在那期间，孩子病情突然恶化，转成了肺炎。俗话说'母以子贵'，阿游现在没了孩子，近来又有不好的传闻，加上正值'风韵犹存'的年纪，于是众人得出了'趁着还没弄出什么丑事来之前，还是让她回娘家好'的结论。两家又为是不是接回娘家进行了一番复杂的讨价还价，最终总算是圆满体面地离了籍，阿游就这样回了娘家。

"当时，小曾部家已由长兄继承，阿游原来受到父母那般宠爱，加上粥川家做得也太过分了，为了赌这口气，长兄便没有慢待阿游，但此时的娘家毕竟不比父母健在之时，阿游处处有所顾忌。阿静提出'要是姐姐觉得在小曾部家憋闷，就来我们这里住吧'，却被长兄制止了，说'现在还仍有人在说三道四，还是谨慎些为好'。据阿静说，长兄可能对实情略知一二或有所猜疑。之所以这么说，是因为一年之后，长兄劝阿游再嫁。男方名叫宫津，是伏见某酒厂老板，年龄上大了不少，早年曾出入粥川家，知道阿游的讲究排场。最近妻子去世，他便立刻上门提亲，求务必把阿游许配给他。他说若是阿游肯嫁，当然不会让她住伏见的店铺那样的地方，而是在巨椋池的别墅，再加盖阿游喜爱的茶室式建筑让她居住，生活会比在粥川家时更像贵族。听他说得这般天花乱坠，长兄自然动了心，劝阿游道：'你真是有福之人啊。你嫁过去的话，不就可以给那些说三道四的人当头一棒吗？'不仅如此，长兄还叫来父亲和阿静，对他们说：'为了打消外面的传言，由你二人出面好言相劝，让阿游同意这门亲事。'这一招使得二人进退两难。如果父亲决心将恋爱坚持下去，只有情死一条路可走。据说父亲不止一次下过决心，可一直未能实施的原因正是因为阿静，也就是说，父亲的真心是撇下阿静去情死对不起她，可是，他又不愿意三个人一起赴死。阿静最担心的也正是这个。据说当时阿静对父亲说：'就让我和你们一起去死吧。事到如今，你们要是把我当外人，那就太让我伤心了。'阿静说出这样吃醋的话，前前后后只有这一次。

"除此之外，让父亲决心动摇的是他对阿游的体恤之心。像阿游这样的女子最适合一大帮侍女簇拥左右，无忧无虑、悠游自在地享受荣华富贵的生活，而且也有人供养她。让这样福气的人去死实在是可惜。父亲这个念头起了关键的作用。父亲对阿游说出了自己的这一想法：'让你跟我一起走未免太可惜了，若是一般女子，为爱而死乃是天经地义，可是像你这样的人，上天给了享用不尽的福气与惠顾，若是抛弃了这些福分，你也就不是你了。所以，你还是到巨椋池的宫殿去吧，住在有着金碧辉煌的隔扇和屏风的大屋子里。只要想到你过着这样的生活，我觉得比一起去死还要高兴。听我这样说，你该不会认为我变了心或是怕死吧？正因为我觉得你绝对不是那种想不开的人，才会这样放心地对你说实话。因为你是那种可以将我这样的人坦然地弃如敝屣的、生性不钻牛角尖的人。'阿游一直默默地听着父亲说话，一滴眼泪啪嗒落了下来，但很快抬起头来，露出开朗的表情，只说了一句：'你说的也是，就照你说的做吧。'她既没有显得不好意思，也没有刻意解释什么。父亲说，从来没有看到过阿游像此时这样高雅大气。

"就这样，阿游不久便再嫁去了伏见。可是，据说那位宫津老爷是个好色之徒，原本出于猎艳而娶了阿游，因此很快便觉得厌倦了，后来很少到阿游的别墅去了。不过，他说'那个女人，当作壁龛的摆设供起来是最合适的'，让阿游极尽奢华地生活，因此阿游依然置身于乡间源氏绘画中那样的世界里。大阪的小曾部家和我父亲家，从那时起日渐衰微，正如前面说的那样，我母亲去世前后，我们家就落到了搬去胡同最里面的合租屋的地步。对了，对了，刚才说的我母亲，就是阿静。我是阿静生的孩子。和阿游分手之后，父亲想到多年来给阿静造成的种种烦恼，加上是阿游的妹妹，他感到难以言表的同情，便与阿静结合了。"

那男子说到这里，似乎是说累了，从腰间摸出烟盒。我见状说道："真想不到有幸听您给我讲了这么个有意思的故事，谢谢您了。那么，您少年时代跟着令尊在巨椋池别墅前流连的原因，我已经明白了。不过，记得您说过，后来您每年都去那里赏月吧？今晚也是去的途中吧？"

"是的。我现在正准备动身去那里。即便是现在，每到十五夜，我绕到那座别墅后面，从篱笆之间窥探，仍然可以看见阿游弹琴，侍女们在翩翩起舞。"

"尽管觉得这么问有些冒昧，请问那位游小姐，现在应该已是年近八十的老妇了吧？"我问道。可是，没有回音，只有微风吹拂着草叶。水边成片的芒草已沉入黑暗之中，那男子的身影也不知何时仿佛融入月色之中一般消失不见了。

图书在版编目（CIP）数据

刘芦 /（日）谷崎润一郎著；竺家荣译 . -- 北京：作家出版社，2024.11. --（谷崎润一郎经典典藏）.
ISBN 978-7-5212-3147-2

Ⅰ. I313.45

中国国家版本馆 CIP 数据核字第 2024E9E693 号

刘芦

作　　者：［日］谷崎润一郎
译　　者：竺家荣
责任编辑：田一秀
装帧设计：芬　妮
出版发行：作家出版社有限公司
社　　址：北京农展馆南里 10 号　　　邮　　编：100125
电话传真：86-10-65067186（发行中心）
　　　　　86-10-65004079（总编室）
E-mail:zuojia @ zuojia.net.cn
http://www.zuojiachubanshe.com
印　　刷：河北京平诚乾印刷有限公司
成品尺寸：128×175
字　　数：28 千
印　　张：2.625
版　　次：2024 年 11 月第 1 版
印　　次：2024 年 11 月第 1 次印刷
ISBN　978-7-5212-3147-2
定　　价：39.00 元